ULYSSE DUFFA

Deuxième Poignée

de Nouvelles

PARIS

J. MERSCH, IMPRIMEUR

4ᵇⁱˢ, AVENUE DE CHATILLON, 4ᵇⁱˢ

1904

ULYSSE DUFFA

Deuxième Poignée

de Nouvelles

PARIS

J. MERSCH, IMPRIMEUR

4bis, AVENUE DE CHATILLON, 4bis

1904

A Notre-Dame de Peyragude

A mon ami Émile Ferlus.

L y avait longtemps que je voulais y aller à Notre-Dame de Peyragude.

Au cours de mes voyages en Agenais, dès que j'apercevais, au loin, la colline où se trouve bâtie la chapelle, instinctivement, je mettais la tête à la portière du vagon et ne la quittais que lorsque je la perdais de vue.

J'y suis allé aux vacances dernières, grâce

à l'obligeance d'un ami que j'ai dans le pays, lequel voulut bien me prêter son bidet et sa voiture pour m'y rendre.

Ah ! ce bidet... Je n'en ai jamais vu un autre pareil : il ruait, il mordait, il pissotait à chaque instant... Vrai, si je ne suis pas mort, il n'y a pas de sa faute.

Ah ! la vilaine bête...

Durant le trajet, je me suis vu, vingt fois, sur le point d'être précipité dans la rivière qui longe la route pendant plusieurs kilomètres.

Il me fallut toute ma présence d'esprit pour ne point m'y laisser prendre.

Heureusement pour moi que je suis assez bon conducteur, et c'est à cela seul, que je dus, ce jour-là, d'avoir la vie sauve.

Lorsque je traversai le village de Saint-Sylvestre, je vis deux vieilles femmes en train de repriser des bas, autour de la fontaine publique, se lever à mon approche, en disant :

« Ah ! Seigneur Jésus ! il va nous écraser !... Sauvons-nous bien vite ! » Et, elles s'enfuirent épouvantées, emportant leurs chaises.

Dieu merci, je n'écrasai personne !... Tout au plus, je passai sur la queue d'un chien, étendu paresseusement sur le milieu de la route, ce qui le fit aboyer affreusement.

Ses aboiements amenèrent autour de ma voiture une nuée de petits gamins, qui cessèrent de jouer aux quilles pour me poursuivre, en criant de toutes leurs forces : « Arrêtez-le !... Arrêtez-le !... » (arresta-lou ! arresta-lou !).

En un instant, tout le village fut debout : les villageoises sortirent de leurs boutiques, anxieuses de connaître la cause de tout ce bruit, et n'eurent que le temps de me voir passer comme une trombe... Cette fois, mon cheval s'était bel et bien emballé !...

A vrai dire, malgré tout mon sang-froid, je n'en menais pas large, car, j'allais arriver sur le pont de Saint-Sylvestre et, il m'eût été difficile de le franchir à une pareille allure, sans courir un réel danger.

Soudain, vint à passer un attelage de bœufs revenant du labour, suivis de près par un bouvier qui les piquait à l'aine, la charrue suspendue à leur joug — suivant la mode du pays — lequel (ah ! le brave homme !) voyant mon embarras, d'un bond fut à la tête du cheval et l'arrêta net... le maintenant de ses bras robustes !...

Merci, mon Dieu !... Si grande était ma joie, que je faillis embrasser cet homme !...

A l'auberge, je dételai mon bidet avec l'aide du garçon d'écurie, qui avait tout quitté pour me recevoir.

Je crus bon de l'aviser d'avoir à se tenir sur ses gardes, s'il ne voulait pas recevoir quelque chose de désagréable...

A peine avais-je fini de parler, qu'effectivement, en vidant ses brancards... V'lan ! le cheval envoya un formidable coup de sabot dans la voiture et, une planche vola en éclats.

« Eh bé ! me dit le garçon d'écurie (en patois), voilà qui est bien envoyé ! C'est bon à savoir pour ma conservation... »

Et, nous l'introduisîmes dans la grange avec tous les égards dus à son caractère. Il était couvert d'écume, l'œil en feu, la bave aux lèvres, cherchant à mordre qui se fût approché. C'est à distance que le garçon lui jeta une botte de foin qu'il se mit à dévorer à pleine bouche... Lorsque nous fermâmes la porte, nous l'entendîmes frapper du pied sur la litière, sa colère durait toujours !...

Je m'en fus déjeuner... Au cours de mon repas, survint un petit vieux, qui se fit servir sur la table voisine, un verre de je ne sais quoi, qu'il se mit à savourer, sans hâte...

Je vis, tout de suite, qu'il n'était point pressé. Et, sans que je lui eusse le moins du monde adressé la parole, il se mit à me raconter qu'il venait d'arracher ses pommes de terre, là-bas, derrière la butte, et que, ma foi, il avait bien gagné de boire un petit coup, car, il avait eu fort chaud.

« Et, êtes-vous satisfait de votre récolte ? lui demandai-je.

— Oui et non, répondit-il. J'ai deux petits

cochons et, je vous prie de croire qu'ils ont bon appétit...

« Ah ben! ils auront vite fait que de manger mes quelques sacs de pommes de terre... »

Il y eut un silence, pendant lequel il vida son verre. Puis brusquement : « Voulez-vous les voir, mes petits cochons? Je vous les vends...

— Non, merci, lui dis-je.

— Ils sont si gentils, si aimables... Mais, venez donc les voir... venez... venez...

— Merci, merci, lui dis-je pour la seconde fois.

— Si, si, si. »

Et, prenant mon bras, il me força à le suivre jusqu'au bout du village, où je dus attendre qu'il se fût procuré la clef.

Je vis, en effet, qu'il ne m'avait point menti. Seulement, l'un d'eux passa entre mes jambes et s'enfuit dans la campagne où il fallut lui faire la chasse pendant une demi-heure, franchissant des fossés, contournant des haies, enjambant les obstacles, tout cela pour arriver à lui faire réintégrer son logis... Aussi, reçut-il une bonne correction de son maître.

« Allons, vous n'avez pas l'envie de me les acheter, je le vois ben, me dit-il encore.

— Ah ! mais non... pas précisément.

— Eh bé ! alors, vous achèterez mes prunes.

— Non plus.

— Et moi, qui vous prenais pour un marchand de prunes ?

— Je ne le suis pas.

— Ah !... c'est dommage, vous savez, car j'en ai de belles... Voulez-vous les voir ?... »

Il me fallut aussi voir les prunes... Une vache qui paissait dans le pré voisin, laquelle cessa de brouter pour me regarder avec des yeux effrayants... les canards dans la mare... les poules, une entre autres qui était mère d'une dizaine de petits poussins fort délurés et qui faisaient entendre de petits cris aigus. La mère, par moments, les cachait sous ses ailes,

tandis que d'autres lui sautaient sur le dos...
Les lapins même ne furent point oubliés.
Une nichée venait de naître.... J'aurais bien
voulu les voir, mais, peu accoutumés au bruit
que nous faisions, ils allèrent se blottir dans
leur niche, de sorte qu'il me fut impossible
de les apercevoir, autrement que par le bout
de leurs petites oreilles...

Malgré tout l'intérêt que j'ai toujours eu
pour ces petits animaux, je commençais à en
avoir assez, car, l'heure s'avançait et je ne
voulais pas manquer ma visite à Notre-Dame
de Peyragude.

Ma montre marquait deux heures un quart.
Je remerciais mon aimable compagnon et me
préparais à le quitter, lorsqu'il me dit :

« Et où allez-vous, mon bon Monsieur ?

— A Notre-Dame de Peyragude.

— Comment ! vous allez à Notre-Dame, et
vous ne le disiez pas ?... Comme cela se trouve,
j'y vais aussi moi-même.

— Ah ! tant mieux, lui dis-je, vous me ser-
virez de guide.

— Oh ! avec ben du plaisir, mon bon Monsieur… »

Et, nous nous mîmes en route, non sans avoir auparavant vidé une bouteille de son meilleur vin.

J'acceptai, quoique je n'eusse guère envie de boire, pour ne le point méconter…

Je connais trop bien les bonnes gens de mon pays ! ils sont très bavards, mais bons, pleins de franchise, parlant très fort, et bûchant ferme… En fait de politique, ils sont plus que tièdes… Pourvu que la grêle ne tombe pas sur leurs vignes et que leurs fours s'emplissent de pruneaux, eh bien, ils ont tout ce qu'il leur faut. Ils n'en demandent pas davantage…

Suivant la saison, ils tirent des pronostics sur le cours des prunes ou la vente des cochons de lait. Et si, en été, ils lèvent les yeux au ciel, c'est uniquement pour voir si le gros nuage qui passe, ne va pas crever sur leur sainfoin.

Si jamais vous passez par là, aimable lec-

teur, vous serez frappé de l'habileté des culti-
vateurs, vous verrez la bonne tenue des terres,
la superbe harmonie des champs, l'heureuse
disposition des arbres, alignés comme des
soldats à l'exercice, taillés en boule, à l'instar
d'un bouquet de fleurs... ces arbres, ce sont
des pruniers, dont vous aimez tant le fruit,
Parisiens, mes amis.

Rien de plus beau à voir, lorsqu'ils sont en
fleurs... Nulle part ailleurs, il ne vous sera
donné d'admirer un plus beau spectacle...
Quelle luxuriante végétation !.. Le département de Lot-et-Garonne est, sans conteste,
un des plus beaux de France...

O mon doux pays ! comme je voudrais ne
plus te quitter !..

Mon cœur est oppressé d'amour et de dou-
leur !...

Tandis que je m'abandonnais à ces ré-
flexions, en gravissant la colline, nous arri-
vâmes au cimetière ; car, nous avions pris la
vieille route pour y être plus tôt.

Il est construit sur le flanc même de la

butte et, par conséquent, fort en pente.

Je dois dire qu'il n'est pas très bien entre-
tenu ; l'herbe y croît à foison... Néanmoins,
les tombeaux sont assez propres... Un des
plus beaux est celui de l'abbé Manuel, ancien
curé de la paroisse, que j'ai bien connu dans
mon jeune âge... En lisant l'inscription gra-
vée sur la pierre, j'eus un moment de pro-
fonde émotion, mes yeux devinrent humides.
Mon guide s'en aperçut.

« Vous l'avez connu ? me demanda-t-il...

— Oui, lui dis-je.

— Pécaïre ! c'était un si brave homme ! »

Il ne manquait jamais d'assister à la
distribution des prix du Pensionnat Saint-
Jean de Casseneuil, où j'étais alors élève, et
nous récitait quelques-uns de ses poëmes en
patois, qui nous faisaient tant rire. C'était un
poète exquis, en même temps qu'un saint
homme.

J'ai lu et relu bien des fois, dans mon
enfance, quelques-unes de ses œuvres, entre
autres celle-ci :

— La biello fenno et soun paillassou. —
Et, chaque fois j'étouffais de rire... Il était
d'une bonté extrême ; rien pour lui, tout pour
les autres... Son jardin appartenait à tout le
monde, y entrait qui voulait, et les plus beaux
fruits n'étaient point pour lui.... c'étaient
pour les pauvres.

Sa servante avait beau lui dire :

« Mais, pécaïre ! vous vous dépouillez de
tout ; cet hiver, que mangerez-vous ? Vous
devriez, au moins, Monsieur le Curé, vous
garder quelque chose... Voyez, il ne reste
plus rien sur les pommiers, et les poiriers
n'ont plus de poires...

« Ah ! pécaïré, pécaïré !... »

Il n'écouta jamais ces remontrances.
Qu'avait-il besoin de tant de choses, puisque
le plus souvent, son dîner se composait d'une
gousse d'ail ?... Aussi, lorsqu'il mourut, les
indigents accoururent en foule, et la popula-
tion tout entière prit le deuil.

Sa mémoire est pieusement conservée dans
toutes les familles.

Au sortir du cimetière, nous nous dirigeâmes vers la chapelle, après avoir monté quelques marches de granit. La porte était grande ouverte. Nous entrâmes... A ce moment, les rayons du soleil illuminaient la nef de toutes les couleurs ; l'image des vitraux était projetée sur le chœur et l'effet en était éblouissant.

L'église, par elle-même, n'offre rien de remarquable, elle est fort simple. L'agencement d'une église de campagne : quelques ex-voto scellés aux murs, un christ devant la chaire, un chemin de croix, plusieurs rangs de chaises, et c'est tout.

Les murs sont blanchis à la chaux.

Sans être dévot, je m'agenouillai sur la première chaise, et fis une courte prière...

En sortant, je vis une troupe de maçons occupés à creuser une immense tranchée circulaire, et un mur commençait à se montrer. C'étaient les fondations de la nouvelle église, qui, maintenant, doit être terminée, ou peu s'en faut. Je pus, en passant, en étudier superficiellement la structure, sur un dessin que je vis encadré. Il était signé d'un architecte de Marmande, chargé de son édification.

Tout à coup, j'aperçus un banc planté en terre, entre deux ormes d'une grosseur énorme, les branches pendantes jusqu'au sol. J'allai m'y asseoir. Et soudain, je tombai dans l'extase en présence de la beauté du paysage... Quel splendide décor! me dis-je... Au loin, j'apercevais les plaines de la Garonne, s'étendant jusqu'à l'infini, puis, tour à tour, les communes de Castelmoron, Sainte-Livrade, Villeneuve, Pujol, Monségur, Monsempron, Libos, Fumel, Trentels, Ladignac, Dausse, et même les frontières du Quercy...

Là-bas, la route départementale de Villeneuve à Cahors, toute blanche de poussière, et, de-ci de-là, une foule de chemins vicinaux, zigzagant en tous sens, pour disparaître dans le lointain. Plus près, le Lot, s'enfonçant dans la verdure de ses rives, ombragé par les peupliers qui se mirent dans ses eaux... Là, au fond du vallon, Port-de-Penne et Saint-Sylvestre, séparés par la rivière et unis par un magnifique pont suspendu. La flèche du clocher de Saint-Sylvestre est du plus bel effet. Puis, enfin, la ligne du chemin de fer de l'aris à Agen, s'engouffrant sous mes pieds, pour ressortir à la station de Penne... Cet ensemble constitue un site délicieusement impressionnant. Je restai longtemps en contemplation devant ce magnifique panorama, le plus beau peut-être du département de Lot-et-Garonne...

Plus je regardais, et plus je voulais voir. J'étais dans le ravissement!...

C'est à regret que je m'en détachai, pour continuer ma visite par le calvaire qui est digne de la plus grande attention.

Imaginez plusieurs voûtes souterraines, creusées dans le roc même de la montagne, et sous chaque voûte, une station du chemin de la croix. Les statues sont de grandeur naturelle et semblent se mouvoir dans la pénombre. C'est saisissant!...

Ces statues sont l'œuvre d'un artiste tou-

2

lousain. Je consacrai une grande heure à les visiter... La nuit allait venir me surprendre. Je me hâtai, car, j'avais encore à voir les ruines d'un vieux château-fort, bâti sur le point culminant de la montagne...

C'est une épaisse maçonnerie de moellons branlants, noircis par le temps, et percée de meurtrières.

Les enfants de la localité y viennent prendre leurs ébats. Au moment de mon passage, deux faisaient la chasse aux limaçons qui se cachent dans les pierres disjointes. Ils en avaient plein leur casquette et durent faire un bon dîner. L'un d'eux, même, s'offrit de partager avec moi, ce que je n'acceptai pas.

Simon de Montfort, revenant de Marmande, vint mettre le siège devant le château et s'en empara lors des guerres de religion.

A l'horizon, le soleil s'enfonçait graduellement dans la montagne, comme fatigué de sa longue course, et, tout à coup, je ne le vis plus... Il avait disparu. A ce moment, une lueur phosphorescente illuminait toute la terre. C'était sublimement beau !...

Ma visite était terminée... Un dernier coup d'œil d'ensemble, et je m'acheminai, dans le crépuscule du soir, vers le même chemin que j'avais gravi quelques heures auparavant...

A l'entrée de Penne, je me séparai de mon guide, après l'avoir remercié bien amicalement et m'en fus à l'auberge où j'avais laissé mon cheval.

Je donnai l'ordre d'atteler au garçon d'écurie, pendant que j'allais casser la croûte et me sustenter un brin... C'est ce qu'il fit. Je mangeai une tranche de saucisson accompagnée d'un grand nombre d'autres (ah dame ! il était tellement bon, que... que... que... oh ! non, je ne peux pas le dire... que... que... que... tout le cervelas y passa. Allons bon ! voilà que je l'ai dit. Ma foi, tant pis pour moi... Fi ! le bavard !... Fi ! le gourmand !...) et, bus ensuite un verre d'excellente piquette, qui, m'assura-t-on, arrivait directement de

Dausse, le meilleur crû de l'endroit. A n'en pas douter, c'était la vérité.

En sortant, je vis tout de suite que mon cheval était devenu plus calme, le repos lui avait fait du bien.

Je m'en réjouissais à l'avance, car, que serais-je devenu, grand Dieu, dans la nuit, sur une route que je connaissais à peine, aux prises avec tous ses caprices ?... J'allumai ma lanterne et montai dans mon tilbury. Je marchai au pas pour commencer ; puis, en débouchant sur la grand'route, je mis mon cheval au petit trot. Mais, lorsque je fus en pleine campagne, ne voilà-t-il pas qu'il avait peur de chaque tas de cailloux ?...

A chaque tas qu'il rencontrait, il faisait un brusque écart de l'autre côté de la route, prêt à me verser dans le ravin. Vraiment ! me disje, voilà un cheval qui a toutes les lubies...

Ah ! le poltron...

Comme bien vous pensez, je me tins, désormais, sur mes gardes. Mais, sacrebleu ! que de mal... que de mal il me donna pour le maintenir sur le droit chemin... J'en avais les bras tout endoloris...

Grande fut ma joie, lorsque le soir, je me retrouvai dans ma bonne petite ville de Casseneuil... C'est encore ce petit trou que je préfère. Pourquoi?... Parce que là fut mon berceau!... Et, puissé-je, un jour, lorsque viendra le terme de ma vie vagabonde à travers le monde, y avoir aussi, hélas!... mon tombeau!...

C'est la pensée que je garde au cœur!...

3 Février 1899.

Un acquittement

N mai 1900, j'eus l'honneur de faire partie du Jury de la deuxième session des Assises de la Seine.

C'était M. le Conseiller Bonnet qui présidait... un bien aimable homme.

De toutes les causes qui se déroulèrent sous mes yeux, je ne citerai que celle-ci, que j'ai retenue comme étant la plus significative.

— Un garçon de banque se trouvait sur les bancs de la Cour, pour répondre d'un vol qu'il avait commis au préjudice de sa maison de banque.

Je pris un grand intérêt à l'interrogatoire que lui fit subir M. le Président.

A un moment donné (tout Juré a ce droit), je me levai, et, m'adressant au Président, je le priai de vouloir bien demander au prévenu de nous faire connaître le chiffre de ses appointements.

Et M. le Président de lui dire aussitôt : « Vous entendez Bédat? (c'était son nom). MM. les jurés désirent savoir ce que vous aviez comme gages?... »

Et lui, de répondre : « Cent francs, MM. les Jurés... Cent francs par mois. »

A ce moment, des « Oh! Oh! » se firent entendre dans le fond de la salle.

Et, continuant, il dit : « J'ai trois enfants en bas âge... une vieille mère paralytique... Je vous demande pardon, MM. les Jurés... Ne me prenez pas pour un voleur, oh! non... Je suis un honnête homme, et pourtant j'ai volé... Oui, je vous le dis, je suis un malheureux!... je devais deux termes de loyer... Je voyais mes enfants sans pain... ma famille sans gîte... Ayez pitié de moi!... Pitié pour mes enfants! Pitié pour ma pauvre mère paraly-

tique... » Ses sanglots l'empêchant de continuer, il se rassit...

Ces paroles, dites, avec une franchise com-
municative, me remuèrent profondément.

C'en était beaucoup trop pour moi, qui,
hélas! suis d'une sensibilité telle, que la
moindre émotion me brise... Je pâlis... mon
front se couvrit de sueur, et... à mes yeux
montèrent des larmes... Moi aussi, j'allais
pleurer.

C'est dans ces dispositions d'esprit et de
corps que je me dirigeai vers la salle des déli-
bérations, à la suite de mes collègues qui, je
le vis bien, étaient aussi troublés que moi...
Nous nous assîmes autour de la grande table,
mornes! silencieux! recueillis!... Le moment
était solennel, car, le sort de cet homme était
entre nos mains.

Qu'allait-il advenir?... Mystère!...

Bien qu'étant le plus jeune membre de cette
assemblée, je pris la parole en ces termes:
« Pour moi, Messieurs, cet homme n'est point
aussi coupable qu'on pourrait le croire... Ne

nous a-t-il pas dit qu'il touchait cent francs par mois ?.. Songez, qu'il avait à assurer l'existence de ses enfants, de sa mère paralytique et la sienne propre. Le pouvait-il ?

« Messieurs, je vous le demande.

— Non ! non ! répondirent plusieurs voix.

— Et alors, ne voyez-vous pas, comme moi, qu'une grosse part de responsabilité doit être faite au banquier, en ne donnant pas à son employé des gages en rapport avec ses services et aussi avec les nécessités impérieuses de la vie ?

« Comment ! Voilà un homme, qui chaque jour portait sur lui des sommes importantes, jusqu'à des fortunes, et il recevait cent francs par mois ?... M'est avis, Messieurs, qu'un homme de confiance vaut mieux que cela... Que vous en semble, Messieurs ? »

Et les mêmes voix de répéter : « Je suis de votre avis !... Je suis de votre avis !...

— En un mot, continuai-je, c'est un voleur qui en a volé un autre, avec cette différence, cependant, que l'employé mérite quelque pitié, tandis que le banquier n'en mérite aucune. Il pouvait payer son employé plus équitablement et il ne l'a point fait... Tel est mon sentiment, Messieurs. »

Ce langage ne fut point réfuté.

Il n'y avait plus qu'à voter... Un grand silence se fit, et le Président du Jury donna lecture des questions qui nous.étaient posées. Il y en avait deux.

La première était ainsi conçue :

— Bédat est-il coupable de vol ?...

Voici la seconde :

— Dire, avec circonstances atténuantes ou sans...

On devait répondre par *Oui* ou par *Non*.

Chaque Juré prit une feuille de papier sur la table, la plia.en quatre après y avoir apposé sa réponse et la jeta dans l'urne qu'on se passait de l'un à l'autre ..

Le moment décisif était proche !... aussi la sentence !...

A ce moment, les cœurs cessent de battre ! les fronts pâlissent ! les mains tremblent en écrivant! et, dans chaque conscience, se livre un combat!... La respiration même se trouve suspendue pour un instant.

Oh! quel pénible moment que celui-là... J'en appelle à tous ceux qui, comme moi, y ont passé...

Il semble que l'on est sur le point de commettre un crime. Pas le moindre bruit, un silence lugubre! solennel!...

On attend avec anxiété le résultat du vote :

. . . .

Le voici, tel qu'il fut ce jour-là :

Ce jour-là, douze *Non* sortirent de l'urne... C'était l'acquittement. Nous venions d'approuver un *Vol!!!*

On rentra en séance, la Cour aussi, les conversations cessèrent pour entendre le Président du Jury dire d'une voix forte :

« Sur mon honneur et ma conscience, devant Dieu et devant les hommes, je déclare que sur la première question, la réponse du Jury est Non, à l'unanimité... »

Des applaudissements éclatèrent dans toute

la salle. Seuls, les banquiers présents res-
tèrent stupéfaits.

Et le Président, se tournant alors vers l'ac-
cusé, lui dit : « Vous êtes libre!... »

Il disparut par la petite porte du prétoire,
la tête enfouie dans son mouchoir, donnant
des preuves d'un repentir sincère.

C'était fini.

2 Octobre 1901.

HISTOIRE AUTHENTIQUE!

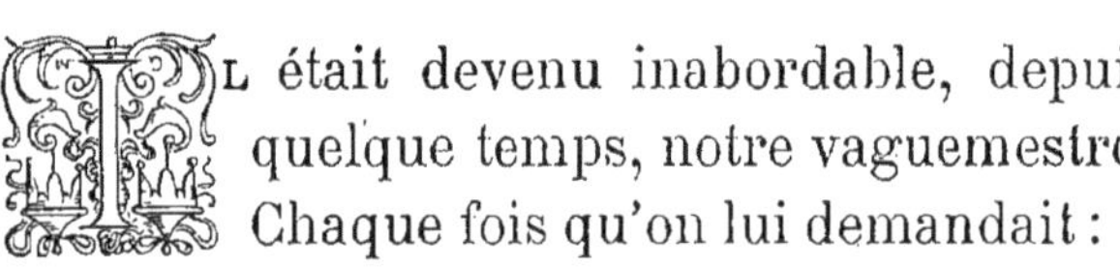

A mon ami Charles Barrail.

IL était devenu inabordable, depuis quelque temps, notre vaguemestre. Chaque fois qu'on lui demandait :

« Avez vous une lettre pour moi, mon adjudant? » il répondait invariablement :

« Foutez-moi la paix!... »

Un changement notable s'était opéré dans toute sa personne : ses bottines, jadis si bien cirées, avaient perdu tout leur éclat, sa moustache toujours bien effilée avait cessé de l'être, il ne mettait plus de pommade dans ses cheveux, et la raie avait été, tout à coup, supprimée...

On ne savait pas, du tout, ce qu'il pouvait bien avoir... Personne ne lui connaissait de rhume de cerveau, pas même de cors aux pieds... Il était devenu sombre, soucieux... ses nuits se passaient sans sommeil... A la cantine, il touchait à peine à chaque plat, et même, un jour vint, où il se fit apporter ses repas dans sa chambre, voulant être seul... Il ne parlait plus à personne.

Et chacun de se dire en le voyant ainsi : « Pauvre adjudant Pagassou... que peut-il bien avoir?? »

D'aucuns, sachant qu'il se préparait pour entrer à Saint-Maixent, disaient : « Ce que c'est que les labeurs!... voilà où ça mène les études!... » Il faisait pitié à voir.

Aussi, tout le monde le plaignait!... Un beau jour, on s'en fut questionner l'ordonnance de ce sous-officier, et on apprit enfin la cause mystérieuse de sa mélancolie et de sa mauvaise humeur.

Vous allez voir, cher lecteur, qu'il y avait de quoi... l'être.

L'adjudant Pagassou devait se marier, aux prochaines prunes, avec une jeune blonde de vingt-deux printemps, fort jolie, institutrice-adjointe dans le département des Landes, son pays natal.

Or, il advint,... quoi donc? (ne le devinez-vous pas?) ce qui devait advenir, parbleu! C'est que, le futur beau-père, pas bête du tout, comme le sont d'ailleurs tous les Gascons, avant de lui donner sa fille, voulut se renseigner par lui-même sur l'existence de son futur gendre...

Après avoir passé sa plus belle blouse et s'être rasé de frais, il s'embarqua, sans dire gare, à destination de Paris...

A peine arrivé dans la capitale, au saut du train, son premier soin fut de prendre une voiture, qu'il héla dans la cour d'arrivée, et se fit conduire aux abords de la Pépinière... s'installa pour plus de commodité dans un hôtel du voisinage, où il déjeuna tout d'abord. Puis, le soir même, sans plus tarder, il s'en alla tranquillement prendre l'air dans le square, proche de la caserne, les yeux fixés sur la grille du quartier... Sa faction, hélas! ne fut pas longue... Tandis que l'horloge de Saint-Augustin s'apprêtait à sonner six heures, que les soldats, par petits groupes, se hâtaient de quitter la caserne après avoir mangé leur soupe, avides de faire une bonne balade, les uns se dirigeant boulevard Malesherbes, les autres boulevard Haussmann... l'adjudant Pagassou (selon son habitude de tous les soirs) fit son apparition sur la porte, passant ses gants d'un air pédant, et après avoir, au préalable, jeté un regard sur la place, s'avança majestueusement, fier comme un coq, le cigare aux lèvres, vers une gente personne (bien connue de l'auteur de cette brochure) qui l'y attendait, laquelle reçut pour sa récompense un retentissant baiser sur la bouche.

Mais malheur! (que voulez-vous, cela devait arriver) il avait été vu sans s'en douter par le bonhomme qui l'épiait, lequel, l'ayant reconnu, se précipita sur lui, à l'improviste, en lui disant brutalement:

« C'est très bien, M. Anatole-Frédéric Pagassou... je suis édifié, maintenant, sur votre conduite. Puisqu'il en est ainsi... tout est rompu, mon gendre!!! »

Telle était la cause vraie de la brusque mélancolie de notre vaguemestre.

Vous avouerez, cher lecteur, qu'on pourrait l'être à moins...

Qu'en dites-vous?...

2 Août 1897.

A propos d'une recommandation

Je l'avais connu aux Batignolles, ce jeune homme.

Lorsqu'il se présenta à la maison pour me voir, j'étais absent.

« Tant pis, dit-il, j'attendrai. »

Et, il s'assit sur un banc du jardin, à m'attendre.

En rentrant, je le reconnus tout de suite.

« Comment ! c'est toi, Victor !

— Mais oui, M. Duffa. »

Je lui donnai une franche poignée demain.

« Quel bon vent t'amène !

— Je viens vous voir, me dit-il, pour une...

petite... place.

— Une place??

— Oui, répéta-t-il, pour... une... petite... place. »

Tout de suite, je fis comme le hérisson, je me mis en boule.

« Et quelle place, grand Dieu!... je n'en ai aucune moi.

— Oh! attendez que je vous explique. »

Ah! je commençais à respirer plus à l'aise... j'écoutais.

« On m'a dit que vous pouviez faire quelque chose pour moi... me recommander.

— Qu'entends-je! Tu veux que je te recommande?

— Oui, je sais que vous le pouvez, et même que vous me rendrez un grand service, en le faisant, allez...

— Certes, je ne demanderais pas mieux, mon ami. Je te connais pour brave garçon, travailleur, rangé, économe, en un mot, digne en tous points d'une bonne recommandation... Mais, encore une fois, à quoi pourrait bien te servir une recommandation de moi...

de moi, qui ne suis rien et ne serai jamais, autre chose, que la cinquième roue d'un carrosse. »

Il se prit à rire.

« C'est ça, rions ensemble.

— Du tout, je parle sérieusement ; j'en ai besoin, il me la faut... il me la faut. »

Je vis tout de suite, que je n'arriverais pas à l'en dissuader.

Comment faire ?

Cependant, je désirais ardemment que ce jeune homme obtint ce qu'il sollicitait, car il était à bout de ressources.

J'eus beau lui démontrer que ma protection ne lui serait d'aucune efficacité, que j'étais impuissant à lui faire obtenir ce qu'il désirait... rien n'y fit.

Bon gré, mal gré, il fallut m'exécuter et lui donner sa recommandation, qu'il mit soigneusement dans sa poche, après l'avoir enveloppée d'un journal qu'il avait sur lui.

Je ne pus m'empêcher de sourire, en le voyant faire. « Oui, soigne ça, mon bonhomme,

cela fera à peu près le même effet qu'un cata-
plasme sur une jambe de bois. »

Il partit, tout joyeux, en l'emportant.

Or, quelle ne fut pas ma surprise, quelques
jours après, au moment où je n'y pensais déjà
plus, de recevoir une lettre de mon jeune pro-
tégé, dans laquelle il m'annonçait que « grâce
à moi », il avait obtenu le petit emploi qu'il
convoitait !...

Suivaient des remerciements à n'en plus
finir.

Et dire qu'il a toujours cru me devoir ça,
le pauvre garçon.

Quelle naïveté est la sienne !...

5 Novembre 1898.

Ma première visite au Poète E. D'Arras

J'AVAIS trouvé dans mon courrier, ce jour-là, un exemplaire de sa chanson, France! (hymne national de la paix) avec une dédicace de sa main.

C'était la première fois que je recevais un semblable hommage. J'en fus très flatté. Pensez donc, moi, petit inconnu, à peine sorti de l'adolescence, recevoir une pareille marque d'attention, de la part d'un poète de talent... Il n'en fallait pas plus pour que je me prisse pour quelqu'un... J'étais aux anges!

Oh! comme j'aurais voulu le voir cet homme... lui parler... faire sa connaissance enfin...

Mais où pouvais-je le rencontrer, j'ignorais

son adresse. Et d'ailleurs, comment m'y serais-je pris, j'étais si timide, alors...

Un jour, le hasard me fit la découvrir. J'allai le voir, en son petit appartement du boulevard Brune, à Montrouge... c'est là qu'il habitait à cette époque, et où il composa la plus grande partie de ses œuvres, œuvres admirables d'élévation et de style.

Cette visite, je me la rappelle comme si elle était d'hier...

Arrivé à la porte de l'appartement, j'eus toutes les peines du monde à me décider à tirer le cordon de la sonnette.

Chaque fois que j'étais pour le faire, ma timidité l'emportant sur ma volonté, je restais là, craintif, palpitant d'impatience, mais, ne sonnant toujours pas...

Je crois bien que j'y serais encore, si je n'avais entendu marcher, j'eus peur... et, à ce moment, je parvins à vaincre ma timidité. J'avais sonné!

Quelques secondes après, j'étais en présence d'un petit homme, à l'air bénin, écrivant en compagnie d'une petite chatte blanche, étendue nonchalamment sur des papiers épars devant lui. Elle vint se jeter sur mes genoux, dès que je fus assis, prenant plaisir à chiffonner mon petit chapeau bordelais, que j'avais entre les mains.

A l'époque dont je parle (c'était en 1882), Monsieur Emile d'Arras était encore jeune et n'avait pas la barbe qu'il a aujourd'hui. N'empêche que sa physionomie ne laissait pas que d'impressionner la personne qui le voyait pour la première fois.

Il était maigre, portait de longs cheveux ébouriffés, un veston bleu, mais, qui ne l'était plus à force d'avoir reçu des averses, un pantalon très large, et un béret.

Son regard, par exemple, était éblouissant. Que de beauté dans ses yeux!... Que de grandeur!... Je n'en ai jamais vu de plus pénétrants. Il suffisait de l'observer un instant pour deviner le poète, l'homme de génie...

Son appartement était au cinquième étage de la maison, et laissait voir le magnifique panorama qui s'étend de Saint-Cloud au fort de Bicêtre. Pittoresque tableau de la nature, bien fait pour inspirer l'âme d'un poëte.

Il l'habita une grande partie de sa vie, seul, avec sa petite chatte blanche qu'il aimait passionnément, se couchant tard, se levant tôt, s'oubliant au travail, au point de se passer de manger, pour n'avoir pas à cesser d'écrire.

N'ayant personne pour s'occuper des soins du ménage, son intérieur, quelque peu négligé, n'en était pas moins très propret.

Son cabinet de travail avait un cachet artistique tout particulier : un joli bureau en vieux chêne sculpté, avec écusson soutenu par des chimères, était adossé au mur. Un cartonnier, même style, contenant des cartons roses, à droite en entrant; auprès de la fenêtre, une table également en chêne, couverte de livres en désordre, de cahiers, de journaux, de lettres, et, au-dessus de tout celà, un assortiment de grosses pipes... C'est là où il travaillait...

Mais ce qui frappait la vue, en entrant, c'étaient surtout les nombreux diplômes ornés de palmes et de médailles, accrochés à tous les murs... C'était un éblouissement.

J'en ai compté jusqu'à vingt-sept... (ces vingt-sept médailles ou couronnes de vermeil sont la juste récompense de ses travaux littéraires aux concours).

A dater de cette première visite, une intimité des plus cordiales s'établit entre nous.

Je passai, ce jour-là, plusieurs heures en sa compagnie qui me parurent bien courtes.

Le charme de sa parole, son affabilité, son extrême modestie, firent sur moi une émouvante impression. Je me retirai tout confus.

Devenu son intime, je vais le voir le plus souvent possible et, bien que... le dirai-je?... il soit parfois sans pitié à mon égard... je l'aime, et je cours à lui dès que je l'aperçois.

Il est si bon.

Que de fois ne l'ai-je point surpris dans son cabinet de travail, grignotant un morceau de pain tout en travaillant ?... c'était son dîner.

C'est à sa sobriété qu'il doit en partie d'être doué d'une santé de fer.

Et dire que cet homme, qui pour lui ne dépense rien et vit avec une extrême simplicité, possède des trésors en manuscrits?...

Quand donc se trouvera-t-il un éditeur intelligent pour les publier?... Je souhaite que ce soit bientôt, je prédis sa fortune et celle du poëte.

Mais, hélas! pour réussir en ce monde, le talent ne suffit pas toujours... Il n'est pas rare, en effet, de voir des niais et des dindons portés aux nues, alors que des esprits charmants sont oubliés.

La renommée?... pas n'est besoin de le dire après tant d'autres qui l'ont dit avant moi... c'est une loterie.

Monsieur Emile d'Arras est pauvre, a jadis été riche, et après avoir perdu tout son patrimoine en un jour, n'a aujourd'hui que son talent d'écrivain pour vivre...

Que d'heures délicieuses, n'ai-je point passées à ses côtés, me laissant griser par le charme de sa poésie?...

O Poëte sublime! grand maître en l'art d'écrire! donne-moi une parcelle de ton génie, la grâce de tes écrits, l'harmonie de tes vers et tes nobles pensers... Prête-moi ton aile, ami, si tu veux que je puisse arriver jusqu'à toi, sur les sommets du Parnasse!... vers l'Infini!

3 Mai 1891.

Ulysse DUFFA.

Paris. — J. Mersch, imp., 4 bis, Av. de Châtillon.

9 782019 960049